KB233686

우엉

흙 묻은 우엉을 사왔다.
껍질을 벗기는데
흰장 밖마 까만 손톱이 보인다.
삼나무 우물가에 쪼그려 앉아
하루 품삯을 낡은 손가락으로 긁으며
꾸역꾸역 졸고 ... 넘어라.
처음에 밀려나간 ...가
가슴 저럭 저럭을 울켜본다.
창밖엔 눈 내리고
지멋자락 흰겨진 계집아이의 손이
...게 얼어 있다.
몸결, ... 가랑
...한 ...치마 자락에 감기면 ...
아이들 물레 ... 늠실늠실 ...가가 다녀겼다.

지만지 0125

봄의 절반

시작시인선 0125
봄의 절반

찍은날 ㅣ 2010년 11월 20일
펴낸날 ㅣ 2010년 11월 25일

지은이 ㅣ 박정수
펴낸이 ㅣ 김태석
펴낸곳 ㅣ (주)천년의시작
등록번호 ㅣ 제300-2006-9호
등록일자 ㅣ 2006년 1월 10일

주소 ㅣ (우110-034) 서울시 종로구 창성동 158-2 2층
전화 ㅣ 02-723-8668
팩스 ㅣ 02-723-8630
홈페이지 ㅣ www.poempoem.com
전자우편 ㅣ poemsijak@hanmail.net

ISBN 978-89-6021-145-2 03810
       978-89-6021-069-1 (세트)

값 8,000원

＊이 책은 2010년 한국문화예술위원회 창작지원금 수혜를 받아 발간되었습니다.

봄의 절반

박정수 시집

2010

■ 시인의 말

시는 바람으로 내 등 뒤에 있다.
돌아서 와락, 온몸으로 만나는 必然이다.
나를, 위로해 본다.
내 오랜 그늘을 동반해준 사물들에게
미안하지만 다시 처음이다.

2010년 가을 안성에서
박정수

■ 차 례

8

Ⅰ

강은 금이 가지 않는 거울이다

봄의 절반

경칩(驚蟄) 지나 춘분(春分) 의료원과 성당 사이 텃밭에
계분을 뿌리는 부부 냄새는 금방이라도 비를 몰고 올 것
만 같다 췌장을 잘라낸 지난 해 여름처럼 헐거워진 땅의
틈을 밀고도 밭고랑의 봄은 좀처럼 서두르질 않는다 아내
는 멀찍이 마음을 기댄 채 꽃몰이를 하는 듯 어깨에서도
바람이 일고 남편을 향한 기도처럼 계분을 뿌리듯 자신을
뿌린다 흩어지는 독한 냄새 암세포를 밀어내며 봄은 피고

약봉지 안 캡슐에 담기는 성당의 종소리, 삽자루의 오
전은 천천히 건너가고 아내의 장화 신은 발을 뒤따라 남
자는 가벼운 발자국 찾느라 콧날이 쩡한 봄 한 움큼을 삼
킨다 남자의 절반을 일구며 계분더미에 앉은 나비 같은
여자가 웃는다 후드득 몰려오는 빗방울을 닮아가는 파종
의 시간, 봄의 절반을 빠져나온 성당의 종소리는 아주 멀
리까지 젖고

문신

후미진 골목에서 시작되었지
처음엔 그저 달빛 때문이었어
나만큼 초라해 보였지
그래서 밤이면
비릿한 골목을 쏘다니기 시작했었지
목련은 왜 달빛에 더 환할까
의문을 갖지 말아야 했어
거짓말처럼 그때부터
몸에 꽃이 피기 시작한 거야
비릿한 달빛만 비치면

소나기 속에서
자목련은 피고 있었지
짧은 비명들이 번지고
꽃송이는 물이 오르지
엉덩이에서 시작된 정원은
어깨로 향하는 긴 능선을
자유롭게 넘어서지
유두가 발갛게 곤두서곤 했어
그때부터였어

젖멍울 풀어 자목련은
달빛으로 피기 시작한 거야

옥수동

— 맛나 족발집

낡은 간판 세월이 깊다
물컹한 기억들이 벽 안쪽으로 고이고
포크레인이 반쯤 허물은 그곳
족발 냄새가 뒹군다
연탄 난로 주변
지친 허기를 채울 수 있던 한때
그런 날엔 족발이 술에 취해 푸념을 늘어놓곤 했다
이제 담배 연기와 생기 있던 족발은 없다
소나기 오는 날
늦은 귀가의 질퍽한 걸음으로 쭐렁거린
위로 또한 없다
정적만 남은 골목길
불빛 없는 간판의 맛나 족발집
비탈길은 아직 버티고 있는데
원조 할매는 어디로 갔을까

노루페인트

색깔을 그려내는 남자
녹이 핀 트럭을 타고 매일 같은 시간 가게를 연다
계절과 무관하게 신나 냄새나는 작업복이 벽을 타고 다
닐 땐
그 빛깔에 스스로 취한 듯 흔들거린다
햇살은 그를 믿는다
붓을 잡으면 그 또한 햇살을 믿는다
그리하여 서로 다른 사랑으로 갈아입는 것이다

비 내리는 어느 아침 녹이 핀 트럭이 비를 맞고 있다
큰 눈의 노루 또한 통유리에 붙어 눈물이 고인 듯하고
모처럼 커피 향기가 문을 열었다
오늘은 작업복이 아닌 낡은 청바지 빗소리에 리듬을 타듯
제멋대로 그어진 페인트 자국은 싱싱한 빗줄기 같다
쨍쨍한 날 한 번도 보지 못한 남자의 눈에 오늘은 무지
개가 떴다

출장 중이란 팻말이 걸리면 노루는 혼자 빈 가게를 지
킨다

파꽃

햇살 끝 염전 같았다
차가운 땅 밑에서 머리를 올려
툭, 터져버리면 그 많은 기억들
사람 모이는 큰 시장 가장 작은 자리에
엄마는 늘 팟단처럼 앉아 계셨다
어린 나는 그곳을 피해 먼 길로 다녔다
잘 묶여진 팟단을 풀면
십 원짜리 동전 소복한 시장 골목이 보인다

노모의 병든 뼈마디처럼
속이 텅 빈 채
어린 시절 부끄러운 고집을 하얗게 쏟아 놓는다

평상

기억을 빌리자면, 저 모퉁이 어디
반쯤 허물어진 담장 너머
오동나무 아래엔 평상 하나 있었지
그 평상 보라꽃 이야기들의 사랑방이었지
칠월 먹장구름 장대비에도
씨알 굵은 구름의 사연들을 담아내곤 했지
기나긴 오후의 물컹한 무게를 지탱하고 있어야 했지
따가운 햇살에 젖은 몸 말리다가 다리라도 쩍 갈라지면
어쩌나
속 모르는 오동나무만이 평상 위가 편평한지
자꾸만 제 그늘을 넓혔지
불어 오른 개울을 건너온 장씨의 자전거 툭, 기대어 서고
며칠 안 보이던 아랫집 김씨의 서울 나들이가
거드름피우며 들어서던
크지도 작지도 않은 평상 하나
초저녁 어스름 속으로 쭐렁이는 소주병이 깃든 건
장마가 끝자락에 걸린 어느 하루의 풍경이었지

이포나루

노을은 흐르는 강의 내력까지 잡아 삼켰다
백 년 전
이곳의 흥정물은 소금이었다
굽이굽이 싱거워진 삶의 내력을 돋구는 데엔 소금이 제
격이었다
때로 가뭄에 콩 나듯 오지 않는 기다림을 움켜쥔 채
몇몇은 쉽사리 불어나지 않는 강심을 애태우기도 하며
새벽 가까이 포구의 안쪽을 헤매었으리라
이포나루
東西간의 교류가 남한강을 묶어놓았던 곳,
상인들의 흥정은 멀리 장호원까지 들릴 듯 끊어지지 않
았고
내 가계의 내력도 그곳에서 시작되었음을 저 강은 알
리라

강은 거울이다
무수히 변화된 일상들을 비추며 희부연 기억 하나도 놓
치지 않는,
오랜 세월
침묵의 깊이만 어루만지고 있는 강은 금이 가지 않는

거울이다

　　할머니의 손맛은 천서리(川西里)를 낳았고

　　그 기억의 맛은 강을 따라 서해 어느 비린 항구까지 닿
았음을

　　소금들의 내력은 거슬러 거슬러 기억하고 있는 것이다

　　누구든 젖은 강에 손을 디밀면 그때의 흥정소리 지금도
만질 수 있다

新고려장

경로당 앞 낙엽을 시청에서 거두어간다고 혹여 믿고 있
지는 않나요 바람은 뒷일을 책임지지 않아요 누구 눈여겨
본 적 있나요 왕벚꽃나무 뒤를

장례식장 건너편에 경로당이 있어요 상갓집 신발처럼
아무렇게나 벗겨진 낙엽들이 수북했어요 주말이었어요
속수무책인 바람이 불기 시작했어요 젊은 한 때 일기를
지우듯 비질을 시작하는 노인들 조급한 비질 같았지요 바
람은 짓궂었어요 흩어지는 낙엽들이 달아나는 손자의 웃
음소리로 들렸나 봐요 그저 껄껄 바람 같은 비질이었어요

또 다른 죽음을 축하해 주는 弔花가 장례식장에 들어갔
지요

몰래 넘겨다본 경로당엔 이 빠진 화투짝이 구르고 있었
어요 지게에 업히지 않고 걸어온 이곳은 전기도 수도도
부족함이 없어 보였지만 햇살 드는 통로는 보이지 않았지
요 지방신문 조그만 기사처럼 읽혔어요 십 원짜리의 손놀
림들이 국숫발처럼 힘없어 보였거든요 간혹 훈수 두는 목
소리는 창을 넘어 들렸지만 패가 바뀔 때마다 주머니에서

꺼낸 전화기는 영 소리를 울리지 않았어요 몇 번은 괜히
번호를 누르곤 음료수마냥 흔들어보는 순간 훅, 콧속으로
겨자씨가 들어왔어요

　장례식장에서 멋진 리무진이 나왔어요 뒤덮인 꽃들 무
엇을 축하하는지 알 수 없었어요

우체국 옆집

수취인 불명 도장이 찍힌 그곳
매일같이 찾아와 제 집인 양 머무는 바람이 있다
첫사랑은 아카시아 같아서
때만 되면 하얗게 부풀어 오르는데
우표를 붙인 적이 없는 마음
홀로
살구꽃이 되었다가
빈 빨랫줄에 거미줄도 되었다가
수런수런 바람으로 자라서
종아리 하얀 계집아이가 공기놀이를 한다
햇살은 종일 풀숲에서 뒹굴고
오월의 바람이 툭툭 기억을 흔드는
빨간 우체통을 지나는 그곳

골무

　평생 자라지 않는 손가락이 있다 지워진 지문이 바늘 끝에 묻어나오곤 한다 바느질, 아주 느린 기다림의 호흡이다 거듭되는 밤의 실마리가 밀려들어가고 혼잣말이 여며지는 순간순간 새벽은 한 뭉치 졸음이었다가 기다림이었다가 동이 틀 무렵 한 여인의 밤이 엄지손가락 끝에 남겨졌을 때 문득 파고드는 불면의 침입

　바느질을 한다 …….

　좀처럼 다가오지 않는 발소리와 숨을 고르던 겨드랑이 근처의 솔기가 바르르 떨리고 어쩌면 지쳐가고 있는 건 또 다른 날들의 귀가였을지도 모를 희미한 심지 속 봄날처럼 손가락 끝에서 떠나지 않는 골무는 아무리 찔려도 비명 한 번 내뱉지 않는 명치 끝 같다 손가락 마디만 한 세월 안으로 조각조각 이어진 기다림이 기워진다

산수유마을

사월이면 마을은 소문으로 신열을 앓는다
꽃 들어찬 자리마다 오래된 내력들
토담 안 장독대 낡은 항아리들이
풍습을 담뿍 익히기 시작한다
논 한 배미 하고도 바꾸지 않는다는 일화를
한 그루 한 그루 세어보다가
내 오 분 전의 세상이 전생으로 물러나는 멀미에 중심
을 잃었을까
방금 나온 강아지가 전설의 진원지를 찾아서 종종걸음
으로 잊혀지고
들을 꼽아보던 농기구들이 전설에 묶인 채 춘곤증에 빠
진다

이천 이포나루 근처에 가면
산수유 법에 따라야 한다
누구든 마음을 숨기거나 순간 부풀어 오르는 탐욕들을
은닉해서는
그 마을 전설의 안쪽에 이를 수 없다

마을엔 약사 딸 하나 키워낸 귀머거리 노인이 있다

그 노인 사월이면

몸 속 어디선가 새로운 귀라도 돋아난 듯 혼자 분주해
지곤 했다

온몸이 귀인 듯 노랗게 달아올랐고

성장한 딸은 어느덧 약사가 되어 해마다 봄이면

아버지의 운명을 고치려는 듯 귀향의 길을 서두르곤
했다

이천 산수유마을

그 마을엔 해마다 노란 전설들이 전염병처럼 번진다

간월암(看月庵)

하루에 두 번 열리는 절이 있다
하루에 두 번 참선에 드는 풍경소리가 있고
하루에 두 번 욕망과 참회가 번갈아 물의 때를 맞추는
절이 있다
법당을 빠져나온 미륵일까
남루한 옷에 갇혀 하루에 두 번 좌판을 펴는 노인이 있다
그 노인 물길에 앉아
먹어보지 않은 단맛을 부풀리고는 바다처럼 말이 없다
하루에 두 번 속세를 여닫으며 서해를 만드는 노인

간월암에 왔다
이곳에서 뭍으로 나가려면
하루에 두 번 참선에 드는 풍경소리와
하루에 두 번 법당을 기웃거리는 어리굴젓의 비린맛과
하루에 두 번 법열과 참회가 물의 때를 여닫는
몇 걸음의 서해를 건너야 한다
그리고 나는 저녁 햇살을 부려놓고서 법당을 빠져나가
는 염불처럼
일몰의 곁길로 서둘러 빠져나와야 한다

우엉

흙 묻은 우엉을 사왔다
껍질을 벗기는데
친정엄마 까만 손톱이 보인다
살구나무 수돗가에 쪼그려 앉아
하루 품삯을 낡은 숟가락으로 긁으며
꾸벅꾸벅 졸고 있던 냄새다
채칼에 밀려나간 엄마가
거실 구석구석을 둘러본다
창밖엔 눈 내리고
치맛자락 움켜진 계집아이의 손이
발갛게 얼어 있다
울컥, 차오르는 마당
깡마른 월남치마 자락에 감기던 향기
아이들 몰래 중얼중얼 엄마가 다녀갔다

교집합

아들의 유모차를 밀고 가는 아빠

아버지의 휠체어를 밀고 오는 아들

II

푸른 속도

봄

동항리 이장님네 경운기가
정지 신호를 무시하고 사거리를 지난다
가득 실린 발효된 입춘이 뚝뚝
햇살은 눈치도 빠르지
주춤하는 차들 앞으로 쏟아져 내린다

마지막 여름

점심을 먹지 않겠다며 떼쓰는 아버지를 귀밑머리 하얀 아들은 기어이 손목을 잡고 집으로 가고요

매미는 울고

햄버거와 탄산음료로 한 끼를 대신하는 세일즈맨, 칼날 세운 시간을 곱씹으며 두 시간째 그늘을 흔들고요

오래 참은 울음
쨍쨍한 날 더 크게 울고

귀에 꽂은 리본이 팔랑 어제 그 자리에 오줌을 누곤 공원을 펄쩍펄쩍 날고요 여자는 인형처럼 앉아 햇살을 먹고요

울음 큰 매미
제 귀가 터지도록 암매미를 불러들이고

명함 수첩에 낡은 명함들을 다시 하나하나 제자리에 끼우는 중절모의 노신사 나란히 앉은 해쓱한 가방 바람이 빵빵해지도록 팔월은 미끄럼틀에서 분꽃처럼 미끄러져 내

리고요

알을 낳는 어미, 그러다 뚝

마네킹

 ―독백

나의 사랑은 충전 중이다 쇼윈도로 몰려드는 시선들

누구에게나 나를 멋지게 소개하고 싶어한다
늦은 시간 나와 마주하고 있는 그녀
긴 생머리를 뒤로 젖히며
청바지에 줄무늬 후드티를 입히고는
눈빛이 상기되어 한 시간 내내 나만 바라보고 있다
저런 표정일 때 그녀는 유난히 입술만 붉다
연인처럼 그녀가 나를 안아 바닥에 눕힌다
눈을 감을 수 없는 나
그녀는 아랑곳 않고 미니스커트 다리 사이로 나를 뉘어
둔 채
내 엉덩이를 까고 바지를 벗긴다
하체와 분리되어 뉘어진 채 내가 폭발할 것만 같다
나는 여전히 눈을 감을 수 없는데
오늘 그녀는 검정 망사 팬티를 입고 있다
내 팔은 어디로 갔지
그녀의 다리가 점점 길어지고
할로겐 열기가 내 심장을 자극한다 밖은 깊은 어둠인데
그녀와 나 둘뿐인 공간, 달빛도 없는 밖은 더 깊은 어둠

인데
　순간 그녀가 연인인 듯 나를 안아 올린다
　내 하체와 상체가 결합된 순간
　나의 체액이 그녀의 손에 축축이 묻어난다
　새로운 힙합 바지의 지퍼를 올려주고 벨트를 채운다
　분리된 양팔이 그녀의 숨소리처럼 헐떡 내게로 왔다
　멀리서 나를 바라보고 있는 그녀
　지금 그녀의 입술은 더 붉어져 있다 그녀의 입술을 범
했다

　마 법 에 걸 려 멈 춰 버 린 나

제1공단

가까운 곳에 스프공장 하나 있다
면발은 어디에서 만드는지 알 수 없고
굴뚝 너머로 불협의 악취를 흘리고 있는 습기 찬 스프
공장 하나 있다

비가 오는 날이면
스프들은 사거리 건너 정류장까지 마실을 나온다
어디론가 더 먼 외출이라도 하려는 듯
때론 하얀 우울을 고려는 듯
버스의 꽁무니를 따라서 아카시아 흰빛이
쓰린 배를 움켜쥐는 공원 어귀까지 기웃거린다
햇살이 들고, 삼교대의 표정들이 맑은 날
스프들, 더는 헤맬 곳이 없는지
공장입구 늙은 경비원의 당뇨처럼 누런 갈증을 앓는다

살찐 개 한 마리 컹컹 어둠을 향해 짖고 있는 제1공단

목격자

23번 국도에 밤꽃이 낭자하다
새끼 고양이 두 마리 무단 횡단 중이다
차들은 멈추지 않는다
고양이 한 마리 바퀴 사이로 말려들어가자
도로 위에 밤꽃이 질퍽인다
암고양이 울음 같은 향기가 번지고
남겨진 새끼 고양이 한 마리
막 돋은 발톱의 앞발을 올렸다아 내렸다아
도로는 밤꽃을 실은 채 그저 달리고
새끼 고양이 짓푸른 울음 비릿 몰려온다

밤나무
푸른 고양이 울음처럼 짙어져서는
밤낮없이 유월 한 달
이 길을 질주하더라

저장된 햇살

태양과의 연애일까, 손톱 밑 흙들이 상처처럼 반짝인다
4층 건물 모퉁이에
휴지통만 한 부피로 앉은 노파의 등을
오후 네 시의 햇살은 살 속을 파고들 듯 집요하고
거리의 그림자들은 무심히 길어진다
상추 몇 잎
파씨 몇 알
노파의 아침이 고스란히 보도블록 위에서 시들어간다
그 안으로 내 오랜 옛날의 회상 하나가 쪼그려 앉는 건
파씨만 한 기억 때문이었을까

　태양의 부스러기 속으로 기찻길 하나 지금도 느리게 이
동 중인 것이 보이고
　외갓집 가던 길 앞서 걸어가는 어머니의 모습은 늘 가
분수였다
　마루 가득 보따리를 풀어놓고는 마을 사람들을 끌어들
이던 그날
　지금도 멀미로 남아 있는 내 유년의 완행열차다

　얼마예요

지갑이 열려있던 오분 동안 이천 원짜리 회상이 지나친 것일까

　세상에서 가장 싼 가격으로 나는 오늘 어느 가을의 완행열차를 살 수 있었다

벚꽃 날리기 시작하는 저녁 일곱 시

오후 내내 머물러 있는 햇살은 따갑다
남자는 아침마다 자전거 가득 바쁜 행방들을 수거해온다
광택이 나기 시작하면 그의 작업실이 고스란히 되살아나
콧볼만 한 기억의 윤기를 살려내기 시작한다
갈라진 손등을 떠나 가죽의 어귀에서 새살처럼 차오르
던 구두약
그는 생각한다
나는 로마를 못 가지만 이 구두만은
며칠 동안의 광택으로 로마를 여행할 수 있음을

광택이 나기 전까지 세계의 아침은 늘 불안하다
고집처럼 잘 기워진 구두의 촘촘한 바늘 자국과
아직 미래를 점칠 수 없는 주름 가까이에서
어느 순간
툭 풀릴 것 같은 불안감을 조심스레 은신시키는 동안
모든 사람들은 작게 걸어와 크게 사라진다

약 냄새가 컨테이너 벽을 뚫고 바람 부는 거리를 달리
기 시작한다
새로운 생기를 필요로 하는 누군가의 행방을 지나쳐

거리 저쪽 그늘 밑 작은 봄까지 광택을 입혀준다

겨울 버스와 나비

소리 이전의 리듬은 나비의 몸에서 자란다

정체된 햇살을 즐기며 빨간 솜잠바에서 피어나는 手話,
길은 느리고 수다스런 버스 안을 나비가 난다 푹푹 빠지
는 눈, 꼭 닫힌 창을 열고 날아온 수나비 손잡이를 듬성듬
성 건너 그녀에게로 간다 수나비의 얼음 섞인 날개에 속
도가 붙는다 겨울 버스 안 애타는 빨간 솜잠바의 촉수에
걸린 환한 바람이 녹는다 목울대에 갇힌 빼곡한 날갯짓의
화상 통화 눈꽃이 만발한다

길은 여전히 느리고 버스엔 겨울 나비 한 쌍 설원의 봄
을 난다

아네모네

　오후 두 시의 노래처럼 흘러내리는 오줌 줄기에서 창살을 넘어온 볕을 쪼아먹던 여자, 달아난 사랑의 조각을 찾느라 그녀의 아랫도리엔 종일 지린내가 난다 구겨진 노랫가락이 배회하는 병실에 꽃피는 정원은 없고 주파수를 놓친 잡음으로 풀썩 쓰러지는 여자, 이미 꽃이었던 그녀에게 마흔셋의 봄은 그렇게 오고 삭제된 공간에 웅크린 겨울 속 그녀, 가녀린 꽃대에 촘촘 거미줄이 번진다

들고양이

비만의 무게 하나 뒤뚱
네온 불빛의 속도로 4차선을 횡단한다
밤마다 집요한 식탐은
무섭게 질주하는 차들의 속도도 두렵지 않아
홀로 즐길 수 있는 쓰레기더미를 찾아 느린 속도로 옮
겨간다
몸은 색이 사라진 지 오래다
울음 또한 울어본 지 오래다
그저 흐릿한 가로등 아래 더 구석진 곳을 발견하기 위해
밤마다 둔한 포식만 늘려갈 뿐
무리에서 이탈한 쓸쓸한 독백
달빛을 따라 어슬렁거리는 모습이
괭이의 실체를 벗어난 복제된 인형처럼 뒤뚱거린다

그렇다
지독히 외롭고 싶을 때가 있다
전혀 자유롭지 않은 것 같은 자유
어둠이
달빛이
기억들이 그럼에도 나는

두려움의 무게를 쌓고 있어 저 뒤뚱거림을 흉내내지 못
한다
독작의 용기 또한 내지 못한다
전봇대 옆 부패한 곳을 서성이지도 못한다
내 몸을 파고드는 달빛
나는 지금 가면놀이 중인 것이다

새벽이 오고 있다
소리 없는 비만의 속도는 성당 앞을 지나며
잠시 새벽 종소리에 지난 밤을 읽어내듯 뒤뚱
그러나 천천히 쓸쓸한 은신을 이동 중이다 어두컴컴한
지하로
안개가 비만을 도와 은신의 울타리를 닫는다

5번 출구

남부터미널 연착의 바쁜 걸음을 밀고 나오면 계단 밑
낡은 스피커에선 매일같이 찬송가가 흐르고
그 나날 속으로 상체뿐인 사내 하나 기어들곤 한다
빛바랜 바구니를 밀고서 세파에 점지된 지점까지 다다
른다
또 몇 개의 은빛 체온이 쨍그랑 고여들고
정오의 분주한 이야기들이 고여드는 사이
그 사내 어디론가 사라진 듯
혹은 꿈의 밑바닥이라도 뒤적이고 있는 듯
성경책에 붙박인 채 오후로 가라앉고 있다
세상의 소리를 뛰어넘은 때문일까
은전들이 그릇 속으로 던져질 때마다
성경 속 말들도 쨍그랑 빛이 난다
일그러진 은총이란 없다
낮게 고여든 퇴근 시간들을 출구 저쪽으로 몰아내면서
그 사내 성경 속에도 금속의 그릇 하나 심어놓은 것일까
간헐적으로 뛰어드는 몇 닢 후줄근한 동전을 받아내며
시간 저쪽 구원의 행간들이 볼우물처럼 따뜻해지는 순
간에도
겸손한 목례를 담아내고 있다

아주 간헐적인 날들의 구석진 한켠에서

남부터미널 옆 누군가 흘리고 간
작고 따뜻한 말씀들이 반짝이는 투신을 한다

품바는 멈추지 않는다

불춤을 추는 남자가 있다

뻘 같은 세상으로 숨어들어야 했다
자신이 잡아내던 낙지가 되어
더 깊이 숨어들어야 했다
그의 미래마저 매립해버린 간척지
불끈 바다를 떠나야 했던 바다의 사내
묻은 바람 한 점 그에게 허락하지 않는다
거리에서 파도를 타야하는 남자

불은 훨훨 어둠 속을 난다

세발낙지의 품바를 본 적이 있는가
장터와 불은
뻘보다 깊은 네온에서의 절규
구릿빛 얼굴에 분을 바르고
미니스커트 붉은 스타킹이 등대 같은 남자
도심에서 무인도가 되어버린 자신을 난타한다
뒤틀린 뻘 속에 퍼즐 조각처럼 흩어지는 어둠들
서른 살 사내의 바다가 불춤을 춘다

버찌

느닷없는 아침, 사월 하얗게 미쳐있던 벚나무가 뒤늦은 화답으로 열매는 까맣게 단단해졌다 귀밑머리 하얀 맨발의 여자는 나무에 붙어 기억을 먹고 있다 향기를 삼켰다 내뱉는 웃음소리로 나무 밑이 새카맣게 어지럽다 필경 비워내고 싶은 꽃의 사연이 있어 눈시울 붉은 흔적이 물큰 파고든다

키보다 낮게 달렸던 기억, 한 움큼의 까마중을 삼키던 불안한 뒤란이 있었다 빈집 광에서 본 적 있는 그것 두려울 때마다 한 주먹 꿀꺽 삼키면 어둠은 순간으로 몰려들고 눈 큰 아이보다 더 굵은 야광으로 치마폭에 자꾸 따 담던 그 불안

한 시간 넘게 버찌를 따먹는 노을 아래 하얀 꽃이 핀다 두려움을 삼켰던 유년이 피식, 까맣다

나팔꽃

홍씨가 장가를 간다
지금껏 쌓아온 것이 안일만은 아니었나보다
히죽히죽 치아가 샐 때마다 베트남 처녀가 얼비친다
서로 한 번씩 교환 방문을 하였으니
나머진 지참금과 그녀를 데려오는 날짜뿐이다
오래도록 대역을 맡았던 면소재지 다방의 아가씨가 윤
기를 잃고
넌짓 혀를 차던 친구의 내색이 사뭇 복잡해진다
마을을 지나쳐 물고 보러 가면서도
몇 개의 베트남 인사말을 중얼중얼 꼽아본다
그동안 그에게도 죽음의 고비가 두어 번 찾아들었다
무심코 장마통을 걸어가다
어깨 위 삽날에 가까운 곳의 벼락이 물신 파고드는 듯
그러나 그해 여름의 해프닝이었을 뿐
그를 논두렁에서 꺼내어주진 않았다
오늘 그곳에
한낮의 게으름을 밝히듯 나팔꽃이 논두렁을 건느고 있다
오랜 만의 기쁨이 못내 어설픈지 한낮의 태양을 가로지
를 땐
뭔가 알 수 없는 제 안의 현기증까지 내뱉는다

사십 초반의 홍씨가, 그 지루했던 논두렁길이 화색을
피워올린 것이다

하얀 밀교

어지러운 세상을 잠시 침묵하게 하는 눈[雪]은
정지될 수 있는 높이를 찾기 위해 날아다니고
쪽마루 밑 털신 한 켤레
햇살을 담아 나누어 줄 누군가를 기다리고 있다
주술의 힘으로 일어서고 있는 노파 앞에
그녀는 유동 없이 앉아 있다
촛불 희미하게 흔들림 없이 켜 있고
가난한 영혼들이 묵은 먼지를 고스란히 머리에 인 채
겹겹이 쌓여 벽으로 천장으로 얼룩져 있다
노파의 손에는 다 닳아 이젠 잘 집히지 않는 엽전이
오랫동안 일정한 소리를 내고
요랑 소리에 찾아온 조상이 맑은 물에 얼굴을 보였다며
주술의 힘은 촛불을 흔들고 까칠한 노파의 손이 따라
흔들린다
오색 끈에 묶인 소망들 정자나무 아래 펄럭이고
지나가는 바람에도 눈꽃은 다시 하늘로 날아오르고
들어섰던 발자국을 되밟아 산 밑 신당은 그녀를 뱉어낸
다, 가볍게

산란을 꿈꾼다

배밭을 가르며 열차는 달린다
바람은 꿈틀 배나무를 흔들고
하얗게 터져버리는 정오의 초경
배밭이 울컥 폭발한다
바람과 배꽃 사이를 순간 배설로 지나가는 KTX
뻥 뚫린 꽃 천지
산란을 꿈꾸듯 열차는 흰 기적을 달아놓고
까무러친 배꽃 사이를 관통한다

햇살을 타고 흰 바람들 배꽃 터널을 달린다
늙은 배나무는 기적을 울리고
꽃술마다 열차가 달려나오고
당도를 즐기는 KTX
흰 꽃, 눈사태
열차는 종일 배밭을 뒹군다
신열이 오른 풍경, 젖가슴 풀어놓고
꽃 천지 흩날리는 무위여

III

흔들리는 유월

망초꽃 1

유월의 넋두리 같다
경계를 잊고서 마을과 마을이 하얗게 들떠 있다
그리운 사람이
망초 안으로 이주한 까닭일까
대궁 가까이 이승을 떠난 이 땅의 어머니들이 흔들린다
유월의 바람은 기억으로부터 오는 것일까
멀미 속에 숨어 있던 햇살이 하얗게
망초꽃 망초꽃, 말더듬이처럼 흔들리던 날
그날도 유월이었지
상여소리 허리 꺾인 망초의 길을 낼 때
하얗게 질려 슬픔의 자맥질만 치고 있었지
어떤 죽음이 내는 길을 망초꽃의 상처라고 부르려 하는가

흔들리는 화두 같다
때 이른 멀미로 몸살을 앓고 그곳 어디쯤일까
그 길엔 바람이 불고
망초꽃 하얗게 웅성거리는 오후
유월의 이정표를 붙들고 힘겹게 밀물져 갔다

망초꽃 2

얼어붙은 달빛
애끓는 몸부림으로
돌아오는 미륵의 발자국

망초꽃 3

상여처럼 무리지어 산을 오르는 유월
하얗게 상처로 되새김하는데
어머니 묻힌 땅속이 저렇게 설원 같을까
내 눈을 막아서는 망할 놈의 망초꽃

곡소리 무리지어 산을 오르던 그날
어쩌나 어쩌나
이 꽃 다시 피면 어쩌나

뒤돌아보지 않고 떠난 이름
때만 되면 환장할 꽃으로 다시 오고
삼십 년 간장독을 열어보니
독 안의 하늘이 단내를 내고 있다

영산홍

　오월이면 달빛에도 붉어지는 영산홍이 있어요 어머니
의 미소가 만개한 화단 속에서 보름달이 불쑥 말을 걸어
요 마당 한켠이 환해지기 시작했어요 꽃잎이 수런수런 잎
을 세우기 시작하네요 나는 자꾸 말이 하고 싶어지네요
화단 옆 홍조를 띈 보름달이 환하게 앉아 있어요 어머니,
작은할머니네 빈집이 불이 났어요 누전이라는데 어쩌면
서울 간 아들이 불을 질렀다는 소문만 내려앉아 있어요
몇 해 전인가 이틀 만에 발견된 주검 앞에서도 감나무의
풋감은 그대로 익어가고 있었지요 그러나 이젠 그해 여름
도 다 타버리고 없어요 핏물 고인 구들장을 누구도 알아
낼 수 없게 되었지요 장독대로 마당으로 보름달은 소리없
이 걷고 있네요 구름이 움직여요 달이 갇히고 화단은 먹
구름으로 변하고 대문이 저 혼자 흔들거려요 어머닌 어디
계시죠 보름달이 우주를 만들듯 화단이 젖무덤 같은 향기
를 흔들고 있어요

　비가 내려요, 여전히 붉은 화단엔 굵은 빗줄기의 고해
성사가 흥건히 고이고 있어요 지금은 비를 맞아야 할 때
예요 붉은 誥告를 받았거든요

64

꽃상여

칠십 년의 반은 밤이었다
아니, 꿈이었다
조문길 오리도 밝히지 못하는 등 하나
저승 가는 노잣돈 입에 물고
사잣밥 앞세워 길 넓혀 놓고
구멍이란 구멍 다 막아
배냇저고리 같은 수의 입고 분단장하고 누워 있다
기다림으로 덜컹이던 대문, 이젠 바람도 자유롭겠네
고무신 한 켤레 얹어가지 못할 꽃상여 타고
십 원짜리 동전 쩔렁이며 넘나들던 경로당을 지나간다
다락방에 남겨진 파스 묶음
밤마다 밀봉된 침묵이 그녀의 등을 갉아먹었으리라
맨드라미 벌겋게 오열하는 화단을 두고서
푸른 이끼가 피어올린 꽃상여 타고
처음 탯줄을 따라 만삭으로 가네

뿌리로의 이동

처음은 이파리를 휘어감은 푸른 햇살이다
그녀의 주름살 속에서 숨 쉬는 흙
알을 품고 있었나
날개를 달기 위해 땅속 움직임이 나지막한 곳을 더듬어
간다
내 유년 중력의 방향으로 지렁이 뒤를 밟아 들어선다
천장 낮은 안방이 보인다
바늘귀를 지나가는 실끝으로 어머니 타들어간다
생강밭은 매지 않는 거란다
아무도 묻지 않는 근심이 조금씩 조금씩 굵어지고

알이 날개를 달고서 날아갔나
빈 둥지에 바람의 언어들로 가득하다
나는 다시 나무로 돌아가 이야기하리라
그늘을 넓히기 위한 땅
열매는 땅 위에서만 꿈을 꾸는 게 아니다
손톱 발톱 흙 속에 묻어둔 어머니
씨앗으로 쓸 마늘은 뿌리가 실한 것이어야 한다
아무도 되묻지 않는 근심 중 하나가 육쪽 마늘처럼 땅
속에 묻힌다

매운 맛을 아래로 끌어당기는 힘
그 뿌리를 먹고서 지렁이는 겨울을 난다

감자밭

자주꽃 핀 자리
해마다
젖은 기운이 거듭되는 고집을 살찌우는 그곳
바람이 타들어간 흙 속에서 감자알을 파헤친다
붉은 흙들을 하나하나 털어내면서
자주감자를 심고서 떠난 그녀
함구된 서늘함이 나뒹구는 밭머리에 앉아
한 줌의 사연을 쥐어본다
어느 날이든 해가 기우는 쪽은 그리움 쪽
고랑 밖에 쌓여가는 종이박스에서
어느 죽음의 기억을 보았다
그 기억을 봉하며 북망산만큼 파헤쳐진 감자밭,
마음의 빈터만 한참이고
녹말기 묻은 칠월의 바람은
푸른 속도로 저녁 저수지를 건너가고 있다

쑥부쟁이

햅쌀 한 말을 메고 절을 오른다
바람은 내 등짝을 기웃거리고

작년 가을의 향기가 수런수런 마중을 한다
그리운 기억의 유품 하나 엽서처럼 고요한데

목탁소리 피어 있는 단청 아래 가을 햇살이 한가롭다
대웅전 마룻바닥 삐걱, 찬기가 밟히고
관음보살의 은은한 눈빛만 촛대 위로 환한 해거름

고부(姑婦)의 일기를 불전함에 넣었다
뒷걸음으로 물러나니
뜨락에 자주빛 꽃송이로 가부좌 튼 부처
흔들릴 때마다 허리 굽힌 어머니
그 안에 다시 피고 마지막 남긴 사진 속
까맣게 피어있는 쑥부쟁이
풍경소리 밟으며 암자를 휘돌아 나온다
멀미 같은 기억을 안고 해우소 가는 길
군데군데 자주 그늘 사십구재 활활 타던 불꽃 같다
숲은 불그레 서쪽으로 기울고

산역(山役)

망초꽃 흐드러져 북망산을 향한다
이승의 마지막 행보를 넘겨다본 햇살은
슬픔의 그림자만 먼저 산 위로 올려보내고
길가에 잠시 망각의 휴식을 내려놓는다
누군가 산의 모난 부분을 깎아내렸고
손톱 속엔 아직 캐내지 못한 지세(地勢)가 붉게 끼어 있다
그곳 어딘가에 그는 묻힐 것이고
침출된 기억은 산 한 켠 저수지 물을 보태줄 것이다
또 다른 윤회를 실어 나르는지
몽정의 젖은 밤나무꽃 열매의 초입을 서두르고
산까치 한 마리 어디 능선의 높이를 재는가
저승 쪽으로 울음 몇 흘려보내는 천지간의 한때
가는 길이 꽃길인가
비석엔 못 다 핀 활자 몇 과거를 더듬고 있다

인삼밭

기억이란 원래 쓴맛인가
잔뿌리 은밀한 음지 속 날들
딸 여섯 모두 시집보내고 나니
더 이상 자라지 않는 地力만 남아 있다
태어날 때부터 굽은 허리인 양
그는 다른 허리를 꿈꾸지 못했다
백약이 무효이듯
북망의 길을 막아내지 못한 그의 노역은
죽어서야 평생 이루지 못한 꿈의 뿌리 하나 얻었는지
금산면 산 1번지,
평생 바라던 약효가 뿌리를 내린 것일까
젖은 바람은 쓴맛의 기억을 몰아오고
그는 이제 더 이상 허리를 펴지 않아도 된다

시월, 화요일

하늘이 너무 높아 미장원에 갔었지
결코 푸르게 염색하려는 의도가 아니었어

북쪽으로 문이 난 가게는
오후 세시 이미 햇살을 잘라내고
흰 벽의 거울만 환했지
중년의 수다를 말아올린 듯 김 오르는 세상처럼 곱실거
렸지
막 풀려나간 파마롯드엔 한 여자의 체온이
스멀스멀 흩어지고 있었지
모처럼의 외출인 듯
여자의 빨간 루즈
환한 거울 속을 기어오르고 있었지

가게가 축소된 거울 속 표정 없는 손놀림만
여자들 등 뒤에서 혼자 분주하지
늘 그 자리에 꽂히는 드라이기처럼
줄곧 이 북쪽 그늘에 살고 있었던 것이지
비가 내리는 날에도
하늘이 끝없이 높은 오늘 같은 날에도 그녀는

손가락에 잘 맞는 가위 하나로 햇살을 잘라내고 있었던
거지

　나른한 은행나무와 젊은 은행나무
　막 염색을 시작하려는지 미장원 유리창을 노크하고 있
었지

꽃팬티

오일장 난전에서
마구 피어난 꽃들을 보았다
꽃피는 청춘을 찾듯 쭈글쭈글해진 손들이
부끄러움 없이 만지작거리다
민망한 할아버지 슬며시 자리를 떠버린 뒤에도
낭창하게 피어있는 꽃팬티
장터 모퉁이가 환하다
할마시 걸음도 가벼워
활짝 핀 꽃팬티

친정집 서랍에서 본 적 있다
낡은 서랍 안 가지런히 피어있던 꽃들
난전에서 따온 꽃이었구나
육남매가 단물 다 빨아먹은
쭈글쭈글해진 엉덩이가 들어앉을 꽃팬티
오일장 나들이엔 빵빵해진 엉덩이
실룩이며 대문을 들어선다
댕기머리 소녀가 속절없이 피어낸 꽃,
꽃팬티
탱탱한 엉덩이로 돌려줄 리 없는데

믿는다 칠순의 노모는

秋

콩은 말을 아껴
말 많은 대추나무를 택한 것일까
타고 오른 넝쿨을 걷어내리느라
남자는 뒤꿈치를 곧추세우고 안간힘을 쏟는다
여름내 들어준 이야기가 서 말은 되는지
넝쿨은 제 뿌리 쪽 두려움을 내려다보고 있다
대추나무가 꽃핀 시절부터 들려준 말들
비밀이 많았었나 자꾸자꾸 붉어지고
속말 한 톨 꺼내지 않고 넝쿨만 올린 콩

낫으로 넝쿨을 잘라낸다
파삭, 두려웠던 것일까
한꺼번에 와르르 쏟아놓는 말들
음흉한 뒷거래 같다
보증빚 남기고 도망간 놈처럼
파삭파삭 와르르
낫이 목을 조였던 것인지,
가을바람마저 낫질해대는 남자
중얼중얼 서 말의 콩알보다 할 말이 많아 보인다
맷돌호박 하나 엉덩이를 까고 헤프게 웃고

모르는 채 단내를 내고 있는 대추나무

학생부군신위(學生府君神位)

세상 모든 祭日은 죽은 자의 어제다

예사롭지 않은 바람, 엘리베이터 속으로 따라붙고
기억은 스틸사진처럼 덜미를 잡고 있다
갖고 있는 기억을 비웃기라도 하듯
엘리베이터는 14층까지 오르고 이쯤 되면 세상의 모든
인기척들
가뭄에 콩 나듯 희박하다
紅東白西, 켜 있던 티비가 꺼지고 魚東肉西가 켜진다
즐거운 과일차림이 마무리되고
겨울을 보낸 밤알의 벌레먹은 자리가 꿈틀 흐려진다
늘 번창도 쇠퇴도 없는 둘째의 라이터가 켜지고 잠깐,
후손들은 꺼진다
더는 기다릴 수 없다는 듯
좁연기에 매달린 제주(祭主)의 초헌(初獻)이 거나해지는
동안
이웃집의 부부싸움은 절정에 치닫고
이제부터가 시뮬레이션이 좀더 진지해지는 때다
국과 갱물이 바뀌지는 동안
뒷짐을 진 막내의 지난 밤 과음이 어슴푸레 흔들리고

78

원래 제사란 건 죽은 자들의 어제가 아니겠는가
음복(飮福)하는 숟가락들 중 하나가 유난히 빛난다

수화

오거리 대형마트 앞 남자와 여자
오토바이를 가운데 두고
서로를 놓치지 않으려 몸짓이 커진다
허공 가득 몸 안의 소리를 퍼내고 있다
세일 광고 떠들썩한 스피커 앞에서

소리를 눈으로 듣는다
아무리 몸을 비틀어도
눈에 잡히는 것들은 말랑말랑한 햇살과 그림자들
입이 될 수 없는 귀
차들은 소리없이 달리고
아이들은 몸짓만 날아가고
소통은 귀 안에 멈춰 화석이 되어간다

오거리를 연주 중인 손끝 여우비처럼 내리는 소리

담배를 문 남자가 지나치고
피자 배달 오토바이가 지나치고
여자들 여럿 수다스럽게 지나치고 지나치고
남자와 여자 파삭한 몸짓은 멈출 기미를 보이지 않는다

햇살은 뚝뚝 끊어지며 그들의 겨드랑이 밑을 서성일 뿐

IV

잎새의 안쪽

春分

진종일 자작자작

남해로부터

꽃비가

쩍 벌어진 틈을 적신다

꽃의 왼편

부지런한 햇살을 태워 정자나무 옆을 지난다
꽃그늘 밑 농부의 수액 같은 수로가 열리고
논두렁 풀숲은 아버지의 자서전 같다
가보(家寶)로 대물림 받은 가난
뭉뚝한 삽 끝으로 하루를 덜어내는 일이란
족보의 한 페이지를 열어가는 일만큼이나 견고하다
오후가 되면 아버지의 허리가 그믐달이 되고
촘촘히 따라붙는 꽃그늘 뒤로
흙 묻은 장화가 노을이 된다

새벽 트럭

멀리에는
자전거 하나 걸러낼 수 있는 다리가 있고
가까워지면
미루나무 두 그루가 외딴집의 위치를 도와주는
그 집의 새벽이 트럭 하나로 깨어나고 있다
전조등이 안개를 들이마시는 동안
사내는 담배 하나 꺼내어 문다
오늘은 진부령 고개를 넘어야 한다
낯선 곳이 더 익숙해져버린 시간들
사이다처럼 지쳐있는 아내의 기다림들
사내는
담배연기와 함께 미루나무 낡은 다리 옆을 통과한다
닳아버린 타이어 안쪽의 고무 냄새 배인 급제동의 순간
들,
새벽 안개를 더욱 짙게 몰아오고
적재함의 무게에 밀린 사내의 하루는 속도를 내기 시작
한다

앵두나무

마을 초입 우물 하나 있었다, 그 우물 영월댁 셋째딸이 뛰어든 이후 흔적마저 사라졌다 한낮 마을은 콩밭으로 옮겨진 듯 비워지고 붉음은 가지 끝까지 오르다가 숨겨진 기억을 내뱉듯 온몸이 가팔라졌다 열아홉 처녀의 짝사랑이 숨어 있기 좋은 곳이다 어쩌면 우물의 밑바닥까지 뿌리가 내린 것일까 앵두나무는 자신의 최후를 유월에 둔 듯, 해마다 붉게 앵돌아졌고 장마 전선이 마을로 들어올라치면 온 동네를 들쥐처럼 뒤적이는 영월댁의 걸쭉한 사투리가 흐릿한 눈빛으로 맴돌기 일쑤였다 가슴에 묻힌 무덤 하나 앵두나무로 자라는지 그녀의 몸속 혈류는 그녀를 아는지 모르는지 앵두는 붉어졌다

마을 초입 우물이 있었다 앵두나무보다 훨씬 오래 전

낮꿈

구렁이 한 마리 창을 넘어 발등을 기어오르기에 그 주둥이 꽉 잡았는데 걸려버린 손가락 꼬리를 잡고 버티는데 파도를 타듯 몸은 휘청거리고 이놈이 손가락을 잘근잘근 깨물어대네 필사적으로 주둥이를 벌리고 손을 잡아 빼니 들어온 창문으로 스르르 꼬리를 감추는데 등에 독기는 없고 노을빛으로 넘어가더라 순간 시퍼렇게 살아나는 이빨 자국 이놈이 독기는 내 몸에 버리고 허울만 제 집으로 간 것인가 나 죽었네 내 소리에 내가 놀라 눈을 뜨니, 바람 환한 내 방 시집 한 권과 씨름을 벌였더라

선창포구

마지막 새우잡이 배가 떠난 이후 포구는 巫病을 앓는다

몇 안 남은 이정표의 문구들이 갈매기에 갉아먹힌 듯
희미하게나마 선착장 방향을 알려준다
횟집 몇 만이 찌든 기억들에 뒤엉켜 나뒹굴고
이곳이 배들의 정거장이었음을 짐작케 할 뿐
지금은 배도 출항할 날짜도 지워지고 없다
이곳저곳 나뒹구는 조개껍질 속엔 오전의 빗줄기만이
빈사의 갈증을 앓는다
뱃머리를 틀지 못한 채 멈춰버린 고깃배
한 척 남은 배가 새우잡이 시절을 품고서 뭍의 하루를
말린다
일렁이는 검푸른 파도의 흔적은 바다의 깊이를 덜어
낸 채
서쪽 하늘을 온통 붉게 붙들고 있다

도마 위에서 희망이 멈춰버린 이후
여자는 바다 대신 육로로 운반되는 새우에 밀가루 반죽
을 입힌다
달아오른 기름솥 안 저 뜨겁고 가벼운 움직임들

느릿느릿 뻘에서 빠져나가듯 다시는 되돌아올 수 없는 꿈인 듯

　그녀는 기억의 바다 하나 튀겨내며 빛바랜 오후를 지탱한다

　몇 줌 폐유로 말라붙은 뱃고동소리와 방죽 너머로 물러난 바다를 돌아서며

　누군가 잘못 그린 지도를 구겨버리듯 나는 서둘러 기억의 바깥으로 빠져나왔다

　해풍만이 새로 이주한 저녁의 포도를 낯설게 살찌우고

환절기

습관처럼
불꽃이 점화된다
베란다에 햇살은 봄을 피우고
매화꽃은 어디쯤 올라왔을까
선홍빛은 딸에게로 건너갔다
그때 그 매화꽃
지금도 봄날인데

물이 끓는다
잔기침이 눈꽃처럼 흩어진다
배꼽 아래 만발했던 홍매는
지금도 비릿한 태몽을 꾸는데
얼룩은 사라지고
입 안 가득 비늘 박힌 봄이 고인다
꽃마중을 가야겠다

늦었을까?

꽃다방

메콩강 흙바람을 보자기에 싸서
매화리 들길을 가르던,
전화벨 소리만 울리고
안이 보이지 않는,
오후의 햇살이 없어
꽃 한 송이 없는
꽃, 다방

생리하는 남자

턱밑 수염이 희끗하다
일어나면 햇살에게 담배부터 건네는 남자
깡마른 어깨에 짜증이 몰려 있다
오뉴월 감주 변하듯
양기가 입으로 몰려 선인장 가시가 송송하다
딸의 생리대를 챙기면서 시작된 초경일까
'흡수가 빨라요'라는 광고의 경험도 없이
생리통을 입으로 앓는 남자
세금 고지서는 허리로 오는 생리통
수도 계량기, 가스계량기, 실내 온도까지
숫자란 숫자는 모두 생리통의 시작이다
입 속 신맛은 단맛으로 가라앉혀야 하는데
이 남자 단맛을 빌려올 줄 모른다
여우비 내리듯 종잡을 수 없는 날
부글부글 자작자작 딱 그 뚝배기다
입으로 통증이 오면 사리돈 대신 담배 한 개비 물고
햇살 가득한 사랑초 화분에 괜한 심술을 떤다
점점 잦아지는 생리통
자궁도 없이 품는 것부터 하려니
턱밑 수염이 민망하기도 하겠다

가을, 전어

아파트 앞
어항 하나 온통 은빛으로 넘친다
전어가 많아진 건 계절 때문만은 아니다
잘 나가던 김차장이
포장마차 주인이 된 것 또한 계절과는 무관하다
그는 서툰 칼질로 선명한 은빛들을 갈라친다
어둠 속으로 잘려나간 퍼덕이는 바다는
아침이면
꽁꽁 여며진 천막 옆 쓰레기통에서 말라붙고
사람들은 수런거린다
마치 모천에서 전어 떼를 본 것처럼
불면의 끝에서 마지막 비늘이 흩어지는 새벽,
번개탄 위에 구워진 냄새가 안개처럼 밤을 두르는
그 다음의 하루
지금 어항 속은 술꾼으로 빛나는 궁전이다

채송화 피고

그리움은 붉게 무리지어 핀다

그렁그렁 바람을 안고 밤마다
보름달 환한 고향 언덕을 오른다
맨발의 흙 아직 털어내지 못한 채
소나기 그친 칠월 뒤란이 내 가슴에 붉다
아득하여라 내 고향 싸리문
숨바꼭질 장독대는 아직 그곳에 있는데
사랑니 앓듯
저 꽃물은 밤이면 명치끝을 조여 오고
가슴 가슴마다 비 내린다

사소한 소문들이 무성한 내 고향
두고 온 이름들은 두만강 달 발자국 따라
목멘 눈물로 이곳까지 건너오고
토담 밑 고만고만한 사연들로
피어 있을 채송화
오매불망 손 내밀어 만져보는 꽃잎
북녘 하늘을 바라보며
이곳, 꽃밭을 물들이는 웃음기

가슴 가슴마다 꽃비가 내린다

숭어

깊이가 얼마나 될까
해초가 바위 틈을 피해 춤을 춘다
은백색 가슴에 새겨진 그리움 비늘로 감싸고
낙산사 풍경소리만 한
하늘을 그리고 있다
수평선 너머 뜨거운 바다
물살 가르며 달려간 먼 산
등에 회청빛 세월을 업고
검은 그림자 되어 바다를 파고든다

숭어 떼의 몸부림에
바다가 파랗게 멍이 든다

서정리역

봄이 시큰둥한 날, 택시 정류장은 어제보다 길어졌어요 급행열차가 지나간 뒤 김밥나라는 또 개업을 했죠 전동차는 4-2 플랫폼에서 문이 열렸죠 나푼나푼 흰나비 무임승차를 해요 냉방 칸 손잡이에 슬쩍 날개를 세워 귀족이죠

여자는 자판기에서 꺼낸 뜨거운 어둠을 홀짝이죠 온기는 여자의 미간 사이로 서서히 번졌어요 그녀는 점자그림으로 주변을 그리고 있어요 다가서는 눈빛의 볼륨을 낮추고 있었죠 그녀의 커피가 자유롭게 철길을 뛰어요 여자의 어둠을 가르며 급행열차는 또 지나쳤죠

여행용 가방에 밀려 하행선 계단을 내려오는 남자, 두루마리처럼 풀리는 이국의 독백이 바퀴를 돌돌 따랐어요 건너편에서 담배를 문 여자가 자꾸 힐끔거려요 포기한 하행선의 눈물이 타들어가고 있었지요 서쪽 태양은 극도로 붉어졌어요 누에처럼 열차가 들어와요 바람마저 붙박힌 정적, 나비들은 또 탕아처럼 플랫폼으로 곧 들어오겠죠

독백

그 정류장
균열이 간 틈으로 독백이 허름하게 끼어 있다
문득 입을 열듯 그러나 오래도록 버텨온
저 낡은 위험에 비해
이곳 기다림의 벽은 견고하다
오래 전 정류장에 첫발을 들여놓을 때보다
행선지에 오르는 기분은 늘 구름 속으로 나았고
버스는 나를 먼 옛날 속으로 흡입한다
달리는 차창을 연다
이 길 언제부터 저리 넓은 평야이었던가
흔들리는 주파수 또한 내 방황의 계절과 다름이 없고
내 안의 잡념 또한 잘 잡히지 않는 채널이긴 마찬가지다
북쪽으로부터 차가운 가속도로 곧 치닫게 될
내 추억의 모퉁이에 이르러서는 차츰 느려질 것이고
그 마지막 기억마저 표백되는 이 순간
너의 실종이 이 들판에서 행해졌음을 나는 안다

푸른 능선 어느 지점이었어도 좋을
계절과 계절이 서로의 이름을 호명해도 좋을 이곳이
너의 마지막 흔적이었음을 나는 되새겨본다

혹은 저 저수지가 너의 얼굴이었을까
그러나 방금 넘어온 하얀 구름이 너의 가슴이 되어도 될
지금 나는 그런 기억의 정류장을 빠져나와
푸르고 오독되기에 좋은 행선지에 걸쳐진 셈이지

함박눈이 곧 쏟아질 것도 같은 칠월의 공상 속으로
시내버스를 타고 난 그렇게 귀가하지

낙타 등을 품은 남자

눈물은 뒤통수로 흐르지
엎드려 울 수 있다는 것은 조물주가 실수한 행운, 제 그
림자를 스스로 적시곤 하지

시선이 정수리로 꽂힐 때, 성장은 조금씩 멈추고 있었
던 거야 다짐한 순간부터 실패는 시작된 것이었지 밤이면
야광을 발하는 가슴을 열고 어둠을 걷고 싶었어 눈물로
물컹해진 혹성을 쥐어뜯기도 했었지 바람은 비껴간 적이
없었어 혹성은 단단하기만 하지 무게가 없거든 눈시울 붉
은 뒤통수 매일 흥건할 때마다 꿈꾸는 혹성을 재우는 거야

눈을 감아도 보이는 세상으로 새벽은 잠겨진 대문을 넘
어 창을 열고 충전 중인 나의 혹성으로 숨어들지 무게가
없다는 것은 불안을 동반한 저주가 아니라고 늘 하늘을
직시해야 했어 그럴 때면 혹성엔 양수가 차고 잘생긴 사
내아이 하나 손가락을 빨며 유영을 하지 비밀이었지만 나
를 반만 닮은 아들을 갖고 싶었어 사막의 바람은 매번 중
요한 순간에 몰아쳐 잠을 깨워 혹성의 꿈을 그만 일으켜
야 하지

밤낮이 모래바람이었던 거야

속눈썹을 놓고 오는 것이 사막을 벗어나는 것이라고, 늘

"물컹함"의 시학

— 박정수의 시세계

장석주(시인 · 문학평론가)

삶은 잔혹한가? 승리는 없고, 오로지 견딤만이 있다면, 그것은 잔혹하다고 말해야 한다. 애초에 자연은 사람에게 우호적이지 않았다. 그렇기는커녕 사납고 적대적이었다. 그랬으니 자연에 노출되는 것은 위험하다. 거친 자연에서의 삶은 위험한 실존이었을 뿐이다. 그래서 사람들은 자연을 밀어내고 그 위에 도시를 세우고 문명을 만들었다. 자연을 멸종하고 세운 문명은 사람에게 승리를 주었을까? 아니다. 문명 역시 위험하기는 마찬가지다. 극복하고 견뎌야야 할 대상이 자연에서 문명으로 바뀌었을 뿐이다. 우리는 여전히 부조리와 허무의 "거대한 혼돈" 속에서 허우적이고 있다. 우리 "이성"은 "영원한 밤 속"을 떠돌고 있다. 여기에서 벗어나는 뾰족한 수단은 없다. 우리는 신이 부재하는 이곳에서 "영원한 밤"을 견딜 뿐이다. 자, 한 무서운 연극에 나오는 극중 인물의 독백을 경청해 보자.
"여기서 우리가 해야 할 일, 바로 그것을 생각해야 해. 운
좋게도 우린 그걸 알고 있어. 이 거대한 혼돈 속에서 확실
한 건 오직 한 가지뿐이야. 고도가 오기를…… 아니면 밤
이 오기를 기다리고 있다는 것이지. 우린 약속 장소에 와
있어. 그것으로 충분해. 우리가 비록 성자는 아니지만 약
속 장소에 와 있는 건 분명해…… 확실한 건, 이런 상황에
서의 시간은 길게 느껴진다는 거지. 언뜻 합리적으로 보
이기도 하지만 습관적인 활동을 하면서 말이야. 자넨 그
게 이성을 잃지 않기 위해서라고 말하겠지. 그 점은 나도
알고 있어. 그렇지만 때때로 궁금한 것이 있어. 이성은 이
미 영원한 밤 속을 떠돌고 있는 것이 아닌가 하고 말이
야."(사무엘 베케트, 「고도를 기다리며」)

　박정수의 시에서 신변성(身邊性) 불안과 일상 경험의 밑
바닥에 눌러 붙은 우울의 기미를 찾아내는 것은 어렵지
않다. 굴종과 좌절로 얼룩진 식민지 경험 이후 우리 시인
들 누구에게나 찾아볼 수 있는 암울한 현실의 도체(導體)
로서 시가 존재해 온 것을 환기한다면 그것이 그만의 독
자적인 상상세계에서 나온 것이라고는 보기 어렵다. 그의
상상력을 물들이는 기본 색조는 붉음이고 그 질료성은 물
을 머금은 물컹함이라는 특이성을 띤다. 물컹함은 점액성
을 띤 신체고, 이것은 깨지지 않고도 그 내재성의 변이가
가능하다는 점에서 권력에 길들여진 신체에 대한 은유다.
이를테면 "기나긴 오후의 물컹한 무게를 지탱하고 있어야

했지"(「평상」)라는 구절에서 그것은 숨길 수 없이 드러난
다. 돌의 고집스런 응고성과 경도(輕度)의 굳건성에 견줄
때 "물컹함"의 질료성은 수분을 품고 진행되는 해체와 무
르게 된 성질이 또렷해진다. 물컹함은 그 내면에 품은 욕
망의 액체성이 더 강조되는 것이다. 박정수의 그것은 만
만치 않는 무게를 가진 몸—욕망의 "물컹함"이다. 이것이
지시하는 것은 실존의 버거움이다. 아울러 "필경 비워내
고 싶은 꽃의 사연이 있어 눈시울 붉은 흔적이 물큰 파고
든다"(「버찌」)나, "여전히 붉은 화단엔 굵은 빗줄기의 고
해성사가 고이고 있어요"(「영산홍」)라는 구절에서 붉음
은 눈시울의 붉음이고, 무의식에서 보자면 월경 피의 붉
음이다. 이것이 고해성사의 눈물—물로 이어지는 것임을
숨기지 않는다. 붉음—물컹함을 수렴하는 정서는 "설움"
이다. 시인의 설움은 그것을 낳는 정황에 대해 어찌 할 수
없는 국외자의 무력한 체험에서 빚어진다. 이렇듯 박정수
의 상상력은 자주 비릿하고 물컹하고 질퍽이는 것에 이끌
리는데, 이것이 새로운 것은 아니다. 일찍이 김수영은 "비
가 그친 후 어느날—/나의 방안에 설움이 충만되어 있는
것을 발견하였다"(「방안에서 익어가는 설움」)이라고 노
래했다. 김수영은 후진국 지식인의 지리멸렬한 삶을 꽉
채운 "설움"의 발견자이자 그 의미를 캐는 선구자였다.
그래서 "무엇보다도 먼저 끊어야 할 것은 설움"(「병풍」)
이라고 했고, "으스러지게 설움에 몸을 태우는 것은 바라
는 것이 있기 때문"(「거미」)라고 노래했다. 설움은 어디
서나 쉽게 찾아진다. 설움이 삶의 저변에 미만(彌滿)해 있

는 것이라면 그 물기로 인해 삶은 비릿한 것, 물컹한 것,
질퍽이는 것이 되고 말 것이다.

눈물은 뒤통수로 흐르지
엎드려 울 수 있다는 것은 조물주가 실수한 행운, 제 그림
자를 스스로 적시곤 하지

시선이 정수리로 꽂힐 때, 성장은 조금씩 멈추고 있었던
거야 다짐한 순간부터 실패는 시작된 것이었지 밤이면 야
광을 발하는 가슴을 열고 어둠을 걷고 싶었어 눈물로 물컹
해진 혹성을 쥐어뜯기도 했었지 바람은 비껴간 적이 없었
어 혹성은 단단하지만 무게가 없거든 눈시울 붉은 뒤통수
매일 홍건할 때마다 꿈꾸는 혹성을 재우는 거야

눈을 감아도 보이는 세상으로 새벽은 잠겨진 대문을 넘
어 창을 열고 충전 중인 나의 혹성으로 숨어들지 무게가 없
다는 것은 불안을 동반한 저주가 아니라고 늘 하늘을 직시
해야 했어 그럴 때면 혹성엔 양수가 차고 잘 생긴 사내아이
하나 손가락을 빨며 유영을 하지 비밀이었지만 나를 반만
닮은 아들을 갖고 싶었어 사막의 바람은 매번 중요한 순간
에 몰아쳐 잠을 깨워 혹성의 꿈을 그만 일으켜야 하지

밤낮이 모래바람이었던 거야
속눈썹을 놓고 오는 것이 사막을 벗어나는 것이라고, 늘
　　　　　　　　　　　　　　　　— 「낙타 등을 품은 남자」 전문

「낙타 등을 품은 남자」는 박정수의 시세계 전체를 조감해 볼 수 있는 중요한 단서들을 담은 시로 보인다. 어떤 것의 물질성이 물컹해지는 것은 물이 스밀 때이다. 눈물·양수 따위의 물을 흥건하게 품을 때 누군가의 가슴은 물컹해진다. 그것은 차라리 행운이다. "엎드려 울 수 있다는 것은 조물주가 실수한 행운"이라고 말해지는 것은 시의 화자에게 주어진 실존의 자리가 사막—현실인 까닭이다. 눈물은 흥건해서 "제 그림자를 스스로 적시곤" 한다. "시선이 정수리로 꽂힐 때, 성장은 조금씩 멈추고 있었던 거야"라는 구절은 모호하다. 누구의 시선이 누구의 정수리에 꽂혔다는 뜻인가? 어쨌든 그것은 불운과 불모를 불러오는 나쁜 계기가 되었다. 그때부터 성장은 멈추고, 실패는 시작되었으니까. 느닷없이 삶에 개입한 이 실패의 고백은 "눈물로 물컹해진 혹성을 쥐어뜯"고 "비껴간 적이 없"는 바람을 역류의 기억으로 이어진다. 이런 구절들은 삶의 고달픔에서 빚어진 은유다. 이 은유체계 안에서 우리 모두는 "낙타 등을 품은 남자"다. 우리 앞에 놓인 것은 사막—현실이고, 우리는 "밤낮이 모래바람이었던" 메마른 현실을 묵묵히 견디며 걸어야 하는 것이다.

그리움은 붉게 무리지어 핀다

그렁그렁 바람을 안고 밤마다
보름달 환한 고향 언덕을 오른다
맨발의 흙 아직 털어내지 못한 채

소나기 그친 칠월 뒤란이 내 가슴에 붉다

아득하여라 내 고향 싸리문

숨바꼭질 장독대는 아직 그곳에 있는데

사랑니 앓듯

저 꽃물은 밤이면 명치끝을 조여 오고

가슴 가슴마다 비 내린다

사소한 소문들이 무성한 내 고향

두고 온 이름들은 두만강 달 발자국 따라

목멘 눈물로 이곳까지 건너오고

토담 밑 고만고만한 사연들로

피어 있을 채송화

오매불망 손 내밀어 만져보는 꽃잎

북녘 하늘을 바라보며

이곳, 꽃밭을 물들이는 웃음기

가슴 가슴마다 꽃비가 내린다

　　　　　　　　　　　　—「채송화 피고」 전문

　"채송화"는 저 아득한 과거의 "붉게 무리지어" 그리움
을 불러오는 그 무엇이다. 시의 화자는 그것과 유리된 채
떠돈다. 그 떠돎은 삶과 정서를 메마르게 한다. 그 메마름
이 의식의 촉수를 물로 뻗게 한다. 그렁그렁, 꽃물, 눈물,
꽃비 따위는 다 물과 상관된다. 박정수의 상상세계에서
물은 뿌리 은유다. 물은 공기와 달리 무게를 갖는 특성 때
문에 아래로 내려간다. 물은 아래로 떨어진다는 특이성에

서 상상적 추락을 지시한다. 지하세계로 스밀 때 물은 소멸과 죽음의 표상이다. 다시 지상으로 올라올 때 물은 씨앗들을 발아를 촉진하고 식물의 뿌리를 적셔 성장을 돕는 생명의 불가결한 한 원소다. 물의 상상력은 세계의 죽음과 결부되는 고갈이나 얼음의 메마름과 딱딱함에 대한 생명의 부드러운 응전을 암시한다. 물은 됨직한 것과 섞여 물컹해지는데, 그것은 살의 물컹함과 숨은 욕망의 물컹함에 조응한다. 그 물컹함에 대한 신체생리적 반응은 "명치 끝을 조여"옴이다. 시인은 물컹함을 살아내는데, 그건 명치끝이 뻐근해지는 아픔을 살아낸다는 것과 하나다.

마을 초입 우물 하나 있었다, 그 우물 영월댁 셋째딸이 뛰어든 이후 흔적마저 사라졌다 한낮 마을은 콩밭으로 옮겨진 듯 비워지고 붉음은 가지 끝까지 오르다가 숨겨진 기억을 내뱉듯 온몸이 가파라졌다 열아홉 처녀의 짝사랑이 숨어 있기 좋은 곳이다 어쩌면 우물의 밑바닥까지 뿌리가 내린 것일까 앵두나무는 자신의 최후를 유월에 둔 듯, 해마다 붉게 앵돌아졌고 장마 전선이 마을로 들어올라치면 온 동네를 들쥐처럼 뒤적이는 영월댁의 걸쭉한 사투리가 흐릿한 눈빛으로 맴돌기 일쑤였다 가슴에 묻힌 무덤 하나 앵두나무로 자라는지 그녀의 몸속 혈류는 그녀를 아는지 모르는지 앵두는 붉어졌다

마을 초입 우물이 있었다 앵두나무보다 훨씬 오래 전
— 「앵두나무」 부분

박정수의 물컹함에서 분리된 물의 상상력은 「앵두나무」에서 우물—장마—앵두나무로 변주된다. 우물은 물의 원천이다. 어쩐 일인지 "영월댁 셋째딸"이 그 우물로 뛰어들고 우물은 영원히 폐쇄된다. 물의 원천을 닫자 우물은 이제 하나의 주검을 품고 우물—무덤이 된다. 앵두나무는 이 우물—무덤에 뿌리를 내리고 자란다. 어쩌면 앵두나무는 죽은 그녀의 혼령이다. "어쩌면 우물의 밑바닥까지 뿌리가 내린 것일까". 우물—무덤을 제 실존의 토대를 삼은 앵두나무 가지에 앵두가 열리고 마침내 열매는 붉어진다. 이때 붉어짐은 성숙의 징표다.

낡은 간판 세월이 깊다
물컹한 기억들이 벽 안쪽으로 고이고
포클레인이 반쯤 허물은 그곳
족발 냄새가 뒹군다
연탄 난로 주변
지친 허기를 채울 수 있던 한때
그런 날엔 족발이 술에 취해 푸념을 늘어놓곤 했다
이제 담배 연기와 생기 있던 족발은 없다
소나기 오는 날
늦은 귀가의 질퍽한 걸음으로 쭐렁거린
위로 또한 없다
정적만 남은 골목길
불빛 없는 간판의 맛나 족발 집
비탈길은 아직 버티고 있는데

원조 할매는 어디로 갔을까

―「옥수동」 전문

다시 몸―욕망의 "물컹한 기억"이다. 그 "물컹한 기억"
이 불러내는 감각의 질료성이 질퍽함이다. 이 질퍽함은
기억을 더듬어보면 지친 허기―소나기―늦은 귀가―비탈
길이 하나로 비벼져서 만들어진 기억이다. 저 과거의 고
달픔을 품은 취기와 푸념이 섞인 "물컹한 기억들"이 질퍽
함을 낳는다. 이 물컹함은 "담배 연기와 생기 있던 족발"
이 있던 어떤 과거 공간에의 회한과 되돌아봄 속에서 나
타난다. 비구름이 상승과 하강의 중간에서 유동을 제 정
체성으로 삼고 떠 있을 때, 비는 땅으로 추락하여 흩뿌려
지는 무엇이다. 비는 물이 되어 흐르고 적시며 스민다.
"비탈길은 아직 버티고 있는데"라는 구절의 암시에 따르
면 그 과거의 삶은 고달팠겠다.

> 23번 국도에 밤꽃이 낭자하다
> 새끼 고양이 두 마리 무단 횡단 중이다
> 차들은 멈추지 않는다
> 고양이 한 마리 바퀴 사이로 말려들어가자
> 도로 위에 밤꽃이 질퍽인다
> 암고양이 새끼 고양이 한 마리
> 막 돋은 발톱의 앞발을 올렸다가 내렸다아
> 도로는 밤꽃을 실은 채 그저 달리고
> 새끼 고양이 짓푸른 울음 비릿 몰려온다

밤나무
푸른 고양이 울음처럼 짙어져서는
밤낮없이 유월 한 달
이 길을 질주하더라

　　　　　　　　　　— 「목격자」 전문

　"짓푸른 울음"이라니! 이것은 문명이 생명에 대해 저지
르는 반생명적 폭력에 항거하며 내지르는 울음이다. 그
소리는 미약해서 문명의 굉음에 묻히고 만다. 새끼 고양
이/자동차를 자연/문명의 대립으로 읽을 수도 있다. "고
양이 한 마리 바퀴 사이로 말려들어가자/도로 위에 밤꽃
이 질펀인다"라는 구절을 보면 도로는 어린 고양이의 사
체를 안은 채 "질펀인다". 질펀함은 땅이 물을 머금어 무
르고 질음을 나타내는 형용하는 어휘다. 질펀함은 강도
높은 것에 대한 해체의 승리를 과시한다. 아울러 질펀함
은 부패의 감각적인 초기 형질이다. 부패하고 팽창하는
것은 부풀면서 내부에 기포 구멍들과 물을 품으며 물컹해
진다. 생명이 해체되어 부푸는 모든 것들은 질펀해짐으로
써 질료적 변이를 완성한다. 「목격자」는 새끼 고양이의
로드킬을 소재로 삼은 시다.

　박정수의 시들은 미약한 생명들의 비명횡사에 대하여
쓴 「목격자」뿐만 아니라 여러 시편들에서 자주 죽음을 노
래한다. 꽃상여, 북망산, 상여소리, 조문길, 윤회, 저

승…… 따위의 어휘들은 시인의 상상세계가 죽음과 깊은 친화성을 갖고 있다는 유추를 해볼 수 있다. 삶이 항상적 가사상태에 놓인 세계에서 죽음은 빈번한 관례에 지나지 않는다. 그래서 죽음과 상관이 없을 법한 땅속의 감자를 수확하고 난 뒤 빈 밭을 바라보면서도 "고랑 밖에 쌓여가는 종이박스에서/어느 죽음의 기억을 보았다"(「감자밭」)라는 시구가 자연스럽다. "상여소리 허리 꺾인 망초의 길을 낼 때/하얗게 질려 슬픔의 자맥질만 치고 있었지/어떤 죽음이 내는 길을 망초꽃의 상처라고 부르려 하는가"(「망초꽃 1」)라는 구절만 해도 그렇다. 「산역(山役)」에 의하자면, 산다는 것은 죽음이 오기 전까지 죽음이 내는 길에서의 "슬픔의 자맥질"이다. 길은 죽음이 잠시 유예된 산 자가 가는 길이고, 시인의 명명법에 따르면 "망초의 길"이며 "망초꽃의 상처"다.

망초꽃 흐드러져 북망산을 향한다
이승의 마지막 행보를 넘겨다본 햇살은
슬픔의 그림자만 먼저 산 위로 올려보내고
길가에 잠시 망각의 휴식을 내려놓는다
누군가 산의 모난 부분을 깎아내렸고
손톱 속엔 아직 캐내지 못한 지세(地勢)가 붉게 끼어 있다
그곳 어딘가에 그는 묻힐 것이고
침출된 기억은 산 한 켠 저수지 물을 보태줄 것이다
또 다른 윤회를 실어 나르는지
몽정의 젖은 밤나무꽃 열매의 초입을 서두르고

산까지 한 마리 어디 능선의 높이를 재는가
저승 쪽으로 울음 몇 흘려보내는 천지간의 한 때
가는 길이 꽃길인가
비석엔 못 다 핀 활자 몇 과거를 더듬고 있다

—「산역(山役)」 전문

　박정수는 끊임없이 여성으로 회귀하며 몸—욕망의 물
컹함과 이 메마른 삶이 잉태하고 있는 죽음의 기미들을
섬세하게 읽어내는 여성시인이다. 나는 박정수의 시편들
을 여성시의 관점에서 읽지는 않았다. 그의 시에 남성적
인 것과의 성차(性差)가 나타나지 않고, 어떤 면에서 낯익
은 남성적 상징계에 기대어 시 쓰기를 하는 까닭이다. 그
러나 그의 상상력에도 이 세계의 지배적인 힘인 가부장제
남성중심주의의 억압 속에서 그것과 길항하며 만들어진
자의식이 없지 않다. 그가 내면에 안고 있는 "슬픔의 그림
자"나 "손톱 속엔 아직 캐내지 못한 지세(地勢)가 붉게 끼
어 있다"라는 구절에 나타나는 저항의 흔적, "비석엔 못
다 핀 활자 몇 과거를 더듬고 있다"라는 구절이 암시하는
과거—더듬기의 피동성 들이 그렇다. 아마도 박정수의 시
들이 여성성에 더 깊이 뿌리를 뻗쳐간다면 더 개성적인
세계를 일굴 수 있으리라고 생각한다. 여성의 자궁과 젖
은 타자를 낳고 수유하며 기르는 원초적인 힘을 갖고 있
다. 바로 그런 여성의 원체험, 여성의 목소리가 울려나오
는 시들! 아버지—아들의 검은 잉크가 아니라 어머니—딸
의 넘치는 흰젖으로 여성의 삶과 무의식을 활달하게 증언

하는 시! 어머니—딸들은 입을 모아 노래한다. "우리는 우
리 자신이 바다요, 모래요, 해초요, 해변이요, 조수이다.
헤엄치는 자들이요, 어린아이들이요, 파도이다……"(엘
렌 식수, 『메두사의 웃음/출구』)라고. 🔲